KB259652

Jeong Seog-Kyo

시인 정석교

꽃비 오시는 날 가슴에 꽃잎 띄우고

꽃비 오시는 날 가슴에 꽃잎 띄우고

정석교 시집

꽃비 오시는 날 가슴에 꽃잎 띄우고

시학
Poetics

　형형색색의 꽃이 철마다 핌으로써 봄, 여름, 가을이 오는 것을 알게 하고 자연은 활기로 넘쳐납니다.
　짧은 기간에 피어나도 꽃은 세상의 시선을 한 몸에 받습니다.
　그리고 시기가 지나면 그 영광을 뒤로하고 다음 절기에 피는 꽃들에게 물려주어 자연의 질서를 조화롭게 지켜 냅니다.
　꽃은 자기가 피어야 할 때와 져야 할 때를 잘 알고 있습니다.
　그래서 꽃은 절대적인 아름다움으로 오랜 세월 미美의 화신으로 흠모되어 왔는지 모릅니다.
　화려함으로 기쁨을 전해 주는 꽃, 그 꽃이 지고 나면 스스로 혹독한 인내를 통해 잎을 다시 틔우고 봉오리가 벙그는 시간을 기다립니다.
　꽃의 인내는 자연에 대한 예의라 여깁니다.

　나는 개화하는 꽃의 순간순간을 지켜 내지 못했습니다.
　봉오리 진 꽃이 환히 열리는 창조의 모습을 보지 못한 것은 여유롭고 섬세한 마음의 눈은 물론 꽃에 대한 예의를 갖추지 못함이라 사색해 봅니다.
　꽃과의 교감, 꽃에 대한 흠모, 꽃의 숭고한 마음을 다 헤아리지는 못했지만 꽃의 삶을, 꽃의 사랑을 담아내고 싶었던 시집詩集,
　『꽃비 오시는 날 가슴에 꽃잎 띄우고』를 어머니와 아내, 딸을 위해 고이 풀어냅니다.

2011년 9월

차 례

제3부 꽃비 오시는 날 가슴에 꽃잎 띄우고

제4부 고흐는 해바라기를 키우지 않았다

제1부
파꽃 같은 어머니 말씀

이팝꽃

할머니 설움 울렁울렁 지펴 놓고
고봉처럼 피어오르는 꽃
펑펑 터뜨려지는 꽃잎이
장터 끝자리 강냉이 튀긴 강밥처럼 날아올라요
이팝꽃 펑펑 피어나면
그 경계에 숨어 있던 내력들이
하나하나 벗겨지는
흐벅진 이팝나무 아래서
오래되지 않은 설화 같은 이야기
빈 보릿독 헐어 내던 아린 마음
고봉으로 빚어내는 한숨들이
5월 바람에 타들어 가고 있어요
방아 찧는 소리 없이
고슬고슬 부풀어 나는 이팝꽃
무논 긴 써레질 뒤척이다
뒷산 해 다 지네요

감꽃 일기

뒤란 까만 장독 덮개마다
감꽃이 하얀 쌀밥처럼 담겨
눈부신 아침을 열었습니다
간밤 문풍지 흔든 바람이
모아 두고 갔었나 봅니다
알알이 주워 담은 누이 손바닥 위
감꽃은 누이 눈을 닮았습니다
깊은 밤 떨어지는 감꽃
사랑 이루지 못한 별찌들이
빚어 놓은 눈물이라던 누이
실 꿰미 가득 엮은 감꽃이
별빛처럼 뽀얗게 피어나
다시 별이 되어 예쁜 사랑 이루어 낼까
살평상 누워 버들피리 불다
허기진 입 안으로 감꽃 한 알
달큰하면서도 아린 맛이
누이 말처럼 별찌 눈물 같았습니다

딸아이와 함께 선 뒤란 감나무 아래
무성하게 떨어진 감꽃
별님이 쏟아 놓았다던 눈물
채 마르지 않고
누이 뽀얀 얼굴로 다시 피어납니다

파꽃 같은 어머니 말씀

마당 귀퉁이 빈터

매년 봄, 어머닌 파 몇 대궁 모종합니다

파꽃이 필 때면

든 사람 된 사람이 될라치면,

꽃씨 여무는 인내처럼

속을 비우며 살라 시던 쟁쟁한 말씀

몇 해 어머닌

요양병원 중환자실 하얀 시트 위에서

줄기처럼 핀 텅 빈 몸으로 누워 있습니다

6월 바람 우수수 날리는

봉오리 맺힌 솜털 같은 꽃을 보며

어머니에게서 살갗 속 감춰진

허방 속 씨방 검정 씨앗을 봅니다

속을 비우기 위해 자라는 대궁이 끝

고해성사처럼 빼곡히 박힌 말씀들

서러운 눈물 매운 파 맛처럼

손등을 적시는데

애저녁 창가

불어 터진 수묵으로 번지는 낙숫물

서럽기만 한 긴 6월 장마

파꽃 속 가득 어머니 말씀 피어오릅니다

구절초 연가

지순한 사랑 그리울 때
거친 들녘 다보록이 핀
하얀 구절초 생각나서요

긴긴밤 지새운 무거운 눈꺼풀
시집간 딸 생각하며
내내 내리 한 사랑
고아 내는 어머니 마음 같습니다

금방이라도 넉넉한 품에
가을 소식 구구절절 가득 담아
달려가고만 싶은 눈물 같은,

거친 들녘 말없이 피어
어머니 흩적삼 닮아 가는 꽃
온몸 불사르며 돌아누운
응어리 진 길 하나 열렸지요

꽃

한번쯤 흑심 품었을 여자

그녀는 예쁜 줄 모릅니다

생긋 웃는 미소, 보는 이 설레었나 봅니다

나는, 그저 아내로만 보입니다

나는 참 행복합니다

그녀가 나의 아내였다는

지금도 그녀는 꽃인 줄 모른답니다

달맞이꽃

간밤 울 엄닌 비 온다 뇌이었어요
하늘에 은가락지처럼
고웁게 고웁게 달무리 지면

연지곤지 바르고
성황당 고개 넘으신 큰누이

달무리처럼 고운 얼굴로
오늘 오신다 하였는데
세우 비 맞고 고뿔 들라

담장 밑 달맞이꽃
누이 마음처럼 피어오르고
하늘가 달무리
내 마음처럼 부풀어 가고

엄닌 비닐우산 펼치시고
성황당 길목으로
누이 마중 가시었어요

봉선화

달빛 들어찬 뜰 안
누이는 꽃잎을 땁니다
부스스 섬돌에 앉은 나는
달빛을 쫓습니다

휘적시는 손끝마다
발그레 물든 누이 천진한 미소
백년해로 증표로 남을 꽃잎
봉선화, 더욱 수줍은 빛

뜰 안 달빛 누운
누이 무명치마 위
한 잎 한 잎 모아지는 기다림
달빛 아래 영근 진실한 의식

여름, 달빛 여문 밤
봉선화 꽃잎 땁니다
누이 숨겨 둔 마음
달빛처럼 환하게 피어납니다

박꽃

뜰 안
뻗은 줄기마다
달빛 품어 두던 밤
적막 같은 고요가 터집니다
욕쟁이 할미 질펀한 입담도
문설주 기댄
소녀 하얀 얼굴도
모두 잠든, 뜰 안
피어나는 봉오리 속으로
은밀히 숨어 버렸습니다

박꽃,
하얗게 깊어 가는 밤

감자꽃

지천에 널렸습니다
흐드러지게 때깔 좋은 모습도
향기도 피워 내지 못한
진한 가난의 살점 같은
아린 목메임으로 저기,
저 산비탈 버덩
배고픈 눈물들이 열렸습니다
어슴새벽 이고 가신 어머니
치마폭 담긴 아침은
비탈마다 하얗게 피어오릅니다

유년의 밤은 눈 감아도
더욱 솟구치는 허기
달빛 젖어 주절주절 영그는
비탈진 고랑마다
아린 맛같이 숨어 있는 가난
쉬이 마르지 않은 어머님 눈물이었습니다

수국

담장 옆 하늘이 만개했습니다
피워 내어도 맺지 못한
폐경기 큰누이처럼

7월, 빗속에서
잉태하지 못할
피고 있는 슬픈 화려함

장맛비 열병을 앓던
담장 옆 빈터
창백한 여름이 숨어 있었습니다

개망초

눈썹, 그 끝을 닮았습니다
쏟아 놓을 듯 품고 있는
아비의 근근한 잇몸을 닮았습니다
박토에 주절주절
끝없이 피어나는 독기
아비 정신을 빼다 박았습니다
바람에 아랑곳없이 서 있는
지천을 휘덮은 질긴 근성
물려준 아비의 심성 닮아 갑니다

아욱꽃

여명 채 눈 뜨기 전
식은 밥 한 덩이 아욱국 말아 드시고 고개 넘으신
어머니,
달빛 숨어든 텃밭에서
아욱꽃 향기 잠들 때 돌아오신다
팔지 못한 아욱 몇 단
풀어 놓은 부엌 봉당에
좌판 쓴소리 죄다 쓸어 담은
허기진 하루가 쏟아집니다
동여맨 수건이
아욱꽃처럼 피어납니다

달빛 젖은 아욱꽃을 봅니다
어머니 마음처럼 가지런히 자란
여린 아욱
식탁 위에 올려진
숨어 있던 유년이 깨어난 그리운
어머니, 어머니 얼굴

해당화가 피었습니다

아비, 어미 벗어 놓은 척박한 땅덩이 꽃은 피었습니다 빨갛게 빚어 놓은 그 꽃을 보며 벌건 산허리 울었습니다 가슴 저려오는 허기진 기억 곱씹으며 모래펄 뿌리 내린 생명 나약함이 아닌 메마른 가시 세상에 던져 놓고 단단히 내린 뿌리 유월 하늘 타들어 가는 아비, 어미 가슴 울게 하였던 땅덩이 태양을 닮은 열매로 맺어 가고 있습니다 싹 트고 봉오리 맺고 꽃이 피는 계절 멍울져 씻어 낼 수 없는 가난 보리개떡 한입. 아비, 어미 심성을 빼닮은 꽃으로 핍니다 자양분 없는 알갱이 사이로 빨갛게 피어납니다

앉은뱅이꽃

키 작아 이름마저 서러운
꽃그늘 쉴 자리 없이
땅과 마주한 꽃
안쓰러워 퍼져 앉은 햇살

허리 한번 펴 보지 못한 세월
매해 더욱 낮아지는
굽은 등 할머니 어깨 너머
길가에 종종 핀 앉은뱅이꽃

진 땅 마른땅 골라 가며
따신 등 못 잊은 푸르른 날
뚝방 따라 꽃상어 되신 그 길
한 무리 나비 꽃잎처럼 피어오릅니다

굽은 등 온몸으로 받들던
유년 시절 따습던 온기
봄볕, 휜 등허리 같은 봉분
앉은뱅이꽃이 만개해 있습니다

저승꽃

생애 한 번 피는 꽃
오랜 시간
갈무리한 내리사랑
스스럼없이 내려놓고
평온의 빛으로 남은
향기 없는 아름다운 동행
이승에서 피울
딱 한 번 피는 꽃

치자꽃

이태 전 봄,
장터에서 치자나무 한 그루 샀습니다
여름이면 하얀 꽃이 핀다는
진솔한 이야기 흠뻑 빠져
볕 잘 드는 창가 터를 마련했습니다
생기 도는 푸른 잎
틔울 것 같은 나무는
해가 바뀌어도 요지부동입니다

하얀 시트 위 어머니는 이 년째 투병 중입니다
곧고 튼실하셨던 몸은
수액 같은 링거액을 투여해도
감은 눈,
혈관 마디 모두 잠겨 있어
방울방울 떨어지는 나의 눈물이 되고
겨우내 갈증을 더해 가는 나목이 되어 가는 몸
정지된 시간이 다시 째깍거리면
금방 여실 것 같은 어머니 마른 입술

제자리에 달지 못한 것들
치자꽃 닮은 브로치는 장롱 속 깊이
핀 한번 펴지 못한 잠 속에 갇히고
치자나무는 볕 잘 드는 창가에서
꽃 피울 날 갈망하고 있는지
푸른 잎 무성히 햇살만 괴고 있습니다

동강할미꽃

허리 꺾인 절벽 사이
꽃잎마다 봄빛 여문 자리
한 점 부끄럽지 않은 삶이어서
비녀 꽂은 쪽 진 머리 들고
하늘을 향해 피어나네

하 세월 남겨 둔 잊지 못할 사랑
해 지면 어둠 발치 찾아오는
동강 어느 선착장에
물길 풀어 자근자근 건너오실
그리운 이 있어
아직 다 비쳐 주지 못해
꽃잎 열어 하늘을 맞고 있네

오랜 님 그리워 핀
굽어보는 산삐알 동강할미꽃
이 꽃 지면
우두커니 서서 가고 없는 봄

적적함을 어이 풀어낼거나

동강은 흐르는데
뗏목은 동강 따라 흘러가는데
푸른 강심 잠기어 피는
꽃잎의 붉은 통증처럼
가시고 아니 계신 그리운 이
가슴속 돋아 있는 동강할미꽃

찔레꽃 향기

가시덤불 하얀 꽃잎 보노라면
까만 치마 무명 저고리
누이 얼굴 생각납니다

보리 이삭 춤추는 들길에
향기 탐하기보다
찔레 순 벗기는 손톱 밑으로
지져 오는 허기진 유희

먼 여행에 돌아온 유년의 기억은
가시 끝 생채기 숨겨 놓은
마른 입술로 적셔야 할 이야기

무성한 꽃잎 피어 있는 들길에
괜스레 아려 오는 손톱 밑
누이 체취 없이도
향기 번져 오는 하얀 찔레꽃

제2부
꽃과 여인

동백冬柏

밭은 숨소리 속삭이며
햇살이 나를 오라 한다

가슴까지 차오른 선홍빛 사랑
누이 설렘처럼
순백의 정 맞으려 한다

금세 결 고운 빛
품에 안은 화사한 떨림
부끄러운 듯 스쳐 가는 잘잘 바람
숫기 감추지 못한 채
담 모퉁이 숨어 버리고

예서 삭힐 수 없는 연정
그리움 덜퍽지게 쏟아 놓고

하오 한 걸음 더 팽팽한 햇살 아래
환희의 절정 사르는
개화, 열락의 입맞춤

얼음새꽃*

눈이 내린다 폭설이다
산을 깨우던 봄의 입술
다시 무지 속으로 숨는다

나절, 내내 내린 눈
새 발목 같은 가지에 쌓인다
오 털보 덥수룩한 턱수염 같은 솔잎에 쌓인다
숲이 버린 멧새,
멧새가 잠긴 숲
온통 하늘 속에 숨었다

종일, 여전히 내리는 눈
주먹바위 밑 얼음새꽃
엎드려 자진하던
숨죽인 불두덩 같은 열기
오늘은 깊은 잠

묵언정진 중일게다

뜨거운 입술,
평평 봄눈 속에서

---

* 복수초를 다르게 지칭하는 말.

유채꽃

돌각담 아래 양지 바람 타고
설렘으로 불어오는 꽃이 있습니다

홀로 빚은 채색 내려놓은 자리
눈길 한번 주지 못한 외면 속에
종일 바람을 쫓고 있습니다

갈증의 출렁임
화산처럼 타오르는 목마름 안고
남풍 자락 헤집어도
홀로 피어 동무할 수 없는 기다림

그리움 짙어 휘저어 보지만
노란 채색의 손짓은
홀로 핀 그리움으로 기다리는
외로움 배우는 홀로서기

목련화

지금 어디쯤 다가왔을까
재 너머, 아니 앞개울 지나
동구 밖 방죽 길
잠시 쉬고 있을까

지천에 푸릇푸릇한 풀 기운
왼통 차지하고 있는데
여직 웃지 못하고 있는 볼멘 시샘
무심한 마음 탓일까

생가지 가득 열릴 신비로움
행여 지나칠세라
눈물이 괴노록 시린 눈 비벼
잰걸음 뜰 안 서성거렸네

속살 환히 열린 목련 아래서
왠지 눈물이 흐르네
눈물 속에 꽃배 하나 띄워 보네

입춘

졸 졸 졸 졸
산기슭 골골 스친 소리
보내는 님
서러운 노래일까

동구 밖 덜퍽진
버들개지 뽀송한 눈짓
후미진 곳으로 보내는
간절한 마음

파릇파릇
흙담 양지 녘 솟은 빛깔
어느 님
입 맞춘 사랑일까

마파람 실려 온
매화 향 화사한 미소
분이 가슴께 피어난
살풋 아지랑이 꿈

진달래

유난히 화사한 빛
산을 안고 사는 폼이
술수가 여간 아닌 듯싶다

어림짐작 셈을 세어도
지나가는 길손마다 두어 번
헛기침은 했으리라

연분홍 자태 활활 피워
바람결 곳곳 다 열어젖혀
남실남실 보내고도 부족한 듯
혼절의 자지러지는 몸짓

비탈 밭 바쁜 쟁기질
목 놓아 우는 황소
봄빛 저질러 놓은 드높은 하늘가
노고지리 괜 울음만 메아리 지고

벚꽃

웃음 같은 몸짓
꽃
　잎
　　들
왈칵 쏟아 놓은 4월,
발끝에 피어난 찬란한 희망이었습니다

낯선 바람 안기는 꽃숭어리
　거
　리
　　는
몸을 열고 나온 무늬들
열락을 증명하듯 채집되는 생명이었습니다

그곳에서 봄이란
　시
　샘
　하

듯
안부를 묻는
빛이 돋아난 나래

나팔꽃

짧은 나절 살다 노을 끝 이별 고하는 것은 삶이 고단
해서만 아니다. 붉은 입술 열어 타오르듯 속절없는 맘
키워 덧없이 가 버린 사랑아! 어린 줄기 끝내 고집스럽
게도 하늘 향한 바라기처럼 찰나의 시간 거부하는 몸
짓인가 하루 비껴가는 고단한 그리움이 아침 해 목말
라 부르짖는 그 입술, 지난밤 떨어지지 못한 초승달 하
늘에 걸려 있다. 바람에 실려 올 것만 같은 몇 옥타브
간절한 선율과 강렬한 빛 더욱 발산하는 그리움에 지
쳐 그대 눈물 되어 성하의 아침, 꽃잎 피워 활활 우는가

수선화

산골짜기 묶였던 마음들 속살거리는 봄바람에 풀어 버려라. 지친 발목 담근 나른한 일상 잠시 눈 붙이는 찬란스러운 화려한 비상. 하늘 비친 연못가에 오만 가지 상념의 노란빛 꿈꾸는 3월. 그리움 가득 차오르는 건 고독한 기쁨이요, 관념이다. 허접스런 사랑이라는 것 절대 배반의 독毒 꽃으로 핀 황홀함이 정신까지 저당 잡힌 하늘. 꽃물 든 물결 어루만지는 외경심은 낮게 드리운 나비마저 터부시하는 자기애自己愛. 꽃이 피었다 물속에 잠긴 하늘이 꽃이 되었다. 노란 꽃이 하늘에도 피고 날아가는 나비 날개에도 노란 꽃이 피어났다

채송화

누구도 몰랐답니다
알 수 없는 고집

종일 그 자리
품고 있어도 모르는 소리, 소리

햇빛만 아는 소리
바람은 들었답니다

생글생글 숨은 봉긋한 유혹
푸르룽 열리는 소리

화단 가
햇살이 떨어지는 줄 알았답니다

허수아비 꽃

푸른 강
노을 안은 채
동면을 시작한다

날 세운 바람
탑을 안고 돈다
구름 위
밤이 눕는다

텅 빈 들녘
깃을 세운 가을이 진다
허수아비, 꽃이 되어 간다

수로부인, 꽃 꺾어 바치오며

물오른 가지 끝 하늘 고운 날
내가 지닌 체온보다 낮은 온도로
핀 꽃
샅샅이 드러난 미명에 자지러질 듯
알몸의 숨결로
순종하는 몸짓이 눈부셔요

벼랑을 오르다 지친 가지마다
지난밤 안고 있던 허공
꽃잎 피우는
찬란한 아침이 수군거려요

꽃을 받드신 분,
눈발 같은 초로의 손길에 꽃보다 환한
진통의 사모
몇 곱절 헤아렸던가
벼랑 끝 괜한 바람 몰려 서성이다
비로소 눈이 마주친

꽃 꺾어 바치온 부인의 유실당한 절절한 뒷이야기

그대 사랑 죽지 않는 여인이 되어
천 년 전 다 흘려 버린 눈물
외롭다 울먹이지 마오
벼랑 끝 눈부신 꽃잎 다 지기 전

꽃바람

바람 자락 머물다 간 창문으로
달빛 담았다 눌러앉은 미소
방 안 가득 펼쳐져 있습니다
동면 내내 펼치지 못했던 편지지 그 자리에
지금 뜰 안 빛 고운 산수유
곰실곰실 피어나는 정분 담아
남풍 타고 전해 줄 편지를 씁니다
답신을 가슴에 품고
우체통 부치고 돌아선 거리
담장 밑 좁은 틈새
민들레 눈부신 시선
가슴에 메아리치는 반가움은
되새김하던 두터운 옷깃 벗겨 내고 있었습니다

꽃과 여인

꽃 1 ! 빨주노초파남보 무지개 위를 나는 팔색조 ?

꽃 2 ! 그녀의 환심을 사는 데 소중한 밑밥 ?

꽃 3 ! 아침에도 피고 밤에도 피우는 그리움 ?

꽃 4 ! 잘 포장된 계산된 사랑의 척도 ?

꽃 5 ! 해와 비와 바람이 만들어 놓은 새침때기 ?

꽃 6 ! 나비와 벌의 희롱을 즐기는 삼각관계 ?

꽃 7 ! 사랑과 이별을 충동질하는 질투의 화신 ?

꽃 8 ! 시들어 버리는 빛바랜 추억의 일기장 ?

꽃 9 ! 봄, 여름, 가을, 겨울의 장막 속의 마술사 ?

꽃10 ! 결혼을 부추기는 가증스런 중매인 ?

꽃11 ! 사랑, 청혼, 결혼을 만들어 가는 증표 ?

꽃12 ! 애인과 마누라, 아가씨와 아줌마의 다른 얼굴 ?

꽃13 ! 태어나서도 죽어서도 함께하는 반려자 ?

꽃14 ! 세상 모든 슬픈 이들을 보는 어머니의 눈 ?

꽃15 ! 시인이 숨겨 놓은 단골 주막의 애기愛妓 ?

억새꽃, 민둥산에 오르다

정선 민둥산, 가을 속을 오르다
현기증으로 타오르는 숲 능선에서
눈 감고 서 있으면
흰 갈기 흩날리며 질주하는 무리들
개국의 전사 말발굽 소리가 들린다
산하를 포효하는 려국의 기상
민둥산을 정복하려 한다
창과 칼, 방패가 서로 부딪치며
심장을 울리는 승리의 함성
낙조 자락 검붉어지는 계곡마다
현란한 산[生] 빛은
계절이 몰고 온 승장의 호탕한 전리품

눈을 뜨면 햇살 아래
우윳빛 나신으로 엎어지는 가을 민둥산
젖가슴 열어 보드라운 살결
이미 바람에 벗어 놓은
여인네 성숙한 유혹이었다

꽃샘잎샘

단막극 연출가 손끝에 올려진
거리는
교태 숨긴 모리배에 내몰린
몸살 앓는 봄
움이 튼 몽우리마다 자진하는
분신은
팬터마임 속으로 빨려 가는 표정들
한 단 말렸던 옷소매 다시 펴진 하루
시베리아기단에 멈춰 서서
열린 입들이 회귀하는
계절은 고별 무대

메밀꽃

하얀 바다가 소리 없이 철썩이고 있었다

밤낮없이 벗은 하얀 속살
온 천하 버젓이 드러낸 채
곰살맞게 사근대는 정분 풀어
입가에 남긴 미소

해거름 산허리 돌고 돌아도
풋풋한 잎새 위 가지런히 돋은
봉긋봉긋한 순백
가슴 미어 파란 그리움

바람결 묻어 온
물레방아 정겨운 여운
불현듯 일어선 새벽녘
이슬 밟히는 봇짐장수 말방울 한 자락
입추의 문턱 달빛에 묻어 두고

어스름한 토담집 한컨
소리 없이 바다가 하얀 옷을 풀었다

‘소금을 뿌린 듯 흐뭇한 달빛이 숨이 막힐 지경’*이
었다

봄의 입질

시린 바람 끝 마음 곁에서
입술 내민다, 입질 시작이다

두툼한 옷깃 속으로 빈틈이 열리고
깨질 듯 쨍한 시린 시간
웅숭크린 어깨 채근하는 손바닥
살갖 열어 보라고 몸 곳곳 치근대다
귓불 치고 달아나던
수런거리는 수척한 것들
꽃물 들인 손가락 끝 남아
솟아나는 붓 끝 같은 먼 산 흰 봉우리

바람 한 점,
꽃망울을 팅팅 열어 갈 시간

아 아 건조한 밭두렁 눈을 틔운
흙 한 덩이 속 간직해 온
입질하는 봄은

2월 어느 날, 식탁 위 펼친
저 푸른빛의 향연

봄 빨래

베란다를 통해 햇살에 벗겨진 방 안
도처 은닉한 음습함이 게워 낸
겨우내 버석한 흔적들
옷걸이에서 내쳐진 짜증들이 뒤틀려 있다

일상의 우거지 뒤섞인 탈탈탈 아우성
목이 팔을 감고 가슴이 다리 꼬고 누워
숨 가쁘게 시간을 분해하고 있다
몇 스푼 해독제에 풀어진 속내
옥상으로 적출되어
살바람 햇살을 슭아 낸다

바스락거리는 햇살을 쫓아
발겨진 누이 원피스
몇 다발 화알짝 핀 꽃숭어리
봉오리 진 봄이 피어난다

개불알꽃

자드락밭 보리누름
춘정 못 이겨
연신 풀어지는 보릿대춤
인기척 물린 명지바람
탱글탱글 개불알꽃 보듬고
곁 두고 고개 돌린
수절 과부 입가
붉은 꽃잎만큼
사정하는 수줍은 웃음

제3부
꽃비 오시는 날 가슴에 꽃잎 띄우고

국화차를 마시며

마음이 착해지는 오후
물을 데운다
따스한 물이 스며들면
생명을 안고 피어나는 꽃잎
오랜 갈증이
코끝으로 살아나는 기쁜 호흡
인연의 끈 얽혀
뚝뚝 떨어지는 소원함이
사랑으로 채워 가고 있다
말라 있던 숨은 세월
다시 꽃이 피어나는 것처럼
가을은
마음을 마시는 백치미

꽃집에서 봄을 팝니다

신호등이 서 있는

꽃집 앞

봄이 팔려 가고 있어요

거리로 불어오는 찬바람에

꽃잎들이 휘파람을 불고요

꽃집 앞에서

두터운 옷섶 매달린 단추

하나둘씩 풀리고요

어둠에 빼앗겼던 아침이 더욱 밝듯

꽃집 앞에서

봄이,

이름을 불러 주기 전에

해맑게 피어나고 있어요

꽃집 앞 잰 발걸음들

낯설고 두려웠던 겨울의 끝에서

희망으로 다가온 봄소식보다

꽃들이 먼저 피어나고 있어요

노출된 그녀의 흰 블라우스에 묻어나는

꽃송이들
봄은 꽃집에서 피고 있어요

꽃도 화장을 한다

다 저물녘 한 소쿠리 바람 인다

산마루 걸린 노을
넘다 뒤돌아본 돌각담 밑
봉숭아꽃 붉게 세안을 한다

몇 겹 빗장 푼 꽃잎 사이
다문다문 낙화하는 살가운 분 내음
숨겨 두었던 연분 돋우어 낸
꽃 진 자리 아름다운 자리

살풋 터져 버린 방자한 웃음
손톱 위 내 맡겨진 사랑아
꽃잎이 화장을 시작한다

꽃비 오시는 날 가슴에 꽃잎 띄우고

습한 입 머뭇거린 곡우

화사하게 오시는 비

땅 위에 스며들지 않고 가슴으로 피어

숨어 있는 언어들

오랜 지기 한 통의 안부전화

옹알이하듯 가슴 미어지는

다 전하지 못한 말

꽃비가 오시는 날,

첫 넘이 술잔처럼 잠시 서린 눈물 속으로

지는 꽃 지는 꽃

한 악장씩 피워 내어도

지천으로 흩날려 스러져 간

아름다운 춤사위

가슴에 꽃잎 띄우고

불러 보고 싶은, 사―랑―아

복사꽃 난분분한 날

난분분한 날 따슨 소문
화르르 복사꽃이 수군거리는 곳에서
앞섶 헤친 여인의 웃음 담은
입술 같은 꽃이 피면
여인의 몸은 가볍다는데
겹겹 피어나는 꽃잎 보며
옷 한 꺼풀씩 벗겨 낸다는데
시작도 끝도 없는 풍겨 오는 소문
기다리면 찾아오고
반가울라치면 잊혀지는 아름다운 것들
눈 베일 것 같은 아득함으로
감성의 느낌조차 닫아 버리는 춤사위
이 꽃 지면,
꽃 진 자리 열정의 푸른 열매
마침표로 마감하기 싫은 난분분한 날에
바람이 메아리로 달려오는
그 현란한 꽃—비—
닫힌 마음 기억해 퍼 올리는

환희의 반란들,
화르르 수천 개 불티 내질러 놓고서
뒤돌아보면 아무도 없는
난분분한 날,
참아 내야 하는 꽃―멀―미

사월의 꽃

사월은 수다쟁이다
햇살 눈길 속에 벙글어지더니
바람 스쳐 갈 때마다 향기로 풀어져
도처 수다스런 입으로 다감한 표정이다

수런수런 걸어오는 수작들
팽팽히 부풀어서
터뜨려 놓은 오두방정 같은 사월

겨울을 수태해서 지금
붉은 입 벌려 무수히 쏟아 놓는
천진한 봄의 연애사들
원피스 무늬를 닮은, 그녀의 긴 목덜미
첫사랑 냄새가 읽혀지지

사월이 열어 놓은 이 황홀한 착시
열사랑 저리도 익어 가지
저기 저 수다스런 웃음 속으로

능소화에게 묻다

사랑이라면 이쯤은 활활 타올라야지
섬섬 붉게 핀 기다림
눈멀도록 해후하지 못한 인연
산산이 선홍으로 낭자하게
여름 내내 빚어내는 속절없는 사랑아
고적한 하오
낭창낭창 풍경風磬 스치는 뒤란으로
붉디붉은 꽃잎 여는 소리 들었어라
사박사박 지져 오는
동자승 맑은 발자국에
뚝뚝 떨어지는 슬픈 모가지
언제 또 쓸는지
봄 사리지 않아 후드득 이별하는
피처럼 붉은 흔적 없는 생채기
눈멀고 싶은 절대적 사랑아

하늘말나리

하늘 향한 그리움 온새미로 지핀
산중 은밀한 접선
곧추선 꽃잎마다
타오를수록 더욱 깊어지는
　혼
　　절
　　　한
미처 깨닫지 못한
　정
　　분

그대 나,
열정으로 닮아 가는
　여
　　름

낙화

돌각담 아래 꽃이 피었습니다

슬픈 빛이 아닌 빛이어서 좋은
찬란함이 햇살같이 눈이 부십니다
줄기에 갇혀 있기를 두려워하지 않는
거부의 몸짓으로 떨어져 나간
더부살이 같은 빈곤을 털어
땅에 묻고 푼 선언이었을 겁니다

젊은 날 객기 아득한 떠난 자리
버려져 더욱 흔들거리는 꽃잎
내 떨어짐은 또 다른 생명
영그는 삶이 있다는 이유
땅 위에 나부끼는 꽃잎

슬픈 빛이 아니어서 더욱 좋습니다

한여름 밤의 꽃

별 밭 풀고 간 자리
하늘에 금이 갔다
우수수 떨어지는 별찌
봉숭아 잎새 숨어
툭 터뜨리고 마는,
초승달 부풀어 가는 눈짓
누이 손톱 끝
물들어 가는 소원 하나

밤느정이*

나는 누웠네, 밤느정이 분분한 유월의 저녁

하릴없이 평상에 누웠네

망종 지나 땅 밑 발아하는 씨앗들의 조용한 아우성

나무들이 탱탱하게

부름켜 부풀어 오르는 소리

깊은 사랑 피워 내는 얄궂은 향이

는질는질 바람 타고 희롱하는

더욱 징그럽게 살이 오르는 밤

앞산 육감적인 밤느정이 숲

뉘 벗어 놓은 홑적삼인가

남사스러울 만치 멋쩍어 돌아누웠네

무논 개구리 무작정 울던 밤

텃밭 감자 씨알 굵어지려나

야삼경 깊어 가도록 밤느정이 핀 마을

달빛보다 더 하얗게 피어 웃더라

아무도 묻지 않은 모두 숨죽인 밤

------

*밤꽃을 지칭하는 다른 말.

황국黃菊

숱한 발걸음 엮인

산사 오르는 단풍 진 길

소슬한 상강이 내린 흔적조차 없는

부드럽게 질식되어 가는 가을볕

대웅보전 흙담 밑

조용히 풀어 놓은 갈바람

한갓지게 수채화만 그려 내는데

병아리 몸통 같은 황국이

붓다의 미소 훔치고 말았네

해종일 파란 하늘 반들거리는 오후

구름을 펴는 새들의 무리

몇 구비 더 넘어 찾아가야 할

고난의 비행

절명의 빛 사르지 않는 노을의 뒤태

저녁 답 보시해 놓고

산문 지나니 맑은 범종 소리
황국 잎새마다 숨어 버린
흐트러진 마음 고이 품으려 하네

마른 장미꽃

한때 화려했던 열애도
뜨거웠던 그 여름, 격정의 빛을
순수하게 기억해 내는
사랑을 피운 인연이었을까

벽에 걸린 마른 장미꽃 한 송이
시간이 훑어 가는 벽면에
해체된 기억으로 내 걸린 마른 빛이
더 깊어져야 한다고 생각해 왔다

사랑받는 연인이 전했을 거라는
억지가 기인한 답지
예 터지지 못한 봉오리로 남아
아직까지 전하지 못한 말이 있었던가

마른 장미꽃 목마른 밤마다
열리지 않은 가여운 몸살을 앓고
피지 못한 마른 장미꽃
아내에 대한 고백임을 알았다

꽃 다 진 꽃밭에서

꽃 다 진 꽃밭에서
잎 진 가지 흡반처럼
허공을 빨아들이고 있는 입동
하늘을 끌어낼 수 있을까

습도 높은 땅속으로
동면을 준비하는 씨앗들
발아의 꿈은
꽃 진 가지 영글고픈 찬란한 꿈

꽃 진 자리 그 몫으로 남아
공중분해 되는 향기
절기 안고 오는 유배의 바람
숨소리가 거칠다

바람이 몰아내는 꽃 진 자리
담장으로 넘어서지 못하고
하늘 맞닿은 철새 한 무리
저 먼 길 피는 꽃 보러 가는 길

석부작, 돌에 물을 주다

돌에 물을 준다 습관처럼
풍란 몇 촉
여리게 돌을 감싸 안고
말라가도 혼자서는 마르지 않겠다는
매일 돌에게 물을 준다

물을 머금을수록 더욱 단단해지는
돌의 입자들
탱탱해지는 난蘭의 뿌리들
깊은 강바닥 한낱 돌이었을 때
너의 뿌리는 암반이었을 터이고
부드러운 흙 속이었을 때
너의 뿌리는 씨앗이었을

돌에게
수태할 수 있게 물을 준다
강물 같은 흙 속 같은
뿌리의 행적을 찾기 위해

꽃이 피었다
돌에게도 꽃이 핀다는 사실
물을 주면서 알았다

춘란이 피다 3년 만에

겨우내 덮고 있던 인색한 은거
봄은 보시의 문을 열고
부처가 가르친 공양의 예를 전하리

길보다 물이 먼저 열리는 봄은
산 너머 몸부림치는
아지랑이를 그리워하지 않으리

마른 가지마다 불어 주는 분분한 바람
숨어 있는 눈[眼] 따슨 교감을 통해
햇살이 비껴가는 몽우리 보듬어 주리

어제가 오늘 같지 않은 창가 난 화분
출렁이는 칼자루 아래 푸른 꽃대
꽃 봇물 되어 터졌다, 3년 빗장 풀고서

탱자꽃 가시에 걸린 노을

탱자꽃 가시에 걸린 노을
붉게 타고 있네

바람 닿은 그 끝 돋는 몸
흔들리는 하얀 꽃 떨어질라
가시 사이사이 애모의 표적

안으로만 가시를 세운 나무
탱자꽃 하얗게 지피면
봄날 나비처럼 날아가다

탱탱하게 부풀어 오르는
탱자꽃 넘어서지 못한 노을

학교야 놀자

구름 점점 쉬어 가는 산등성
그 기슭 교사 한켠 삭은 조례대 위
근엄하신 선생님 쩌렁한 목소리
아직 메마른 운동장 안에 서 있다

화단 가 노란 산수유 꽃망울
열병처럼 달아오를 동무들 웃음소리
비석치기, 술래잡기, 잃어버린 구슬
언제고 달려 나와
손에 잡혀 줄 것 같은데

이 산 저 산 꼭꼭 숨어
돌아올 줄 모르는 메아리
홀로 기다렸던 마음
벚꽃처럼 바람에 띄워 버렸다

터―엉 빈 운동장
구름 흔들고 간 감나무 꼭대기

해 바뀌어도 날아드는 까치집
학교야 노올자……
동무들아 학교 가자아……

무당벌레

형광등 갓 받이에서
점점이 박힌 겨울을 털어 내려다
바스러진 동백꽃잎 무당벌레를 본다
온기 비집고 안주했었을
공―간―목마름으로 버틴 체온
이미 박제가 된 시간
그곳에 동면이 숨어 있었다

화석이 된 나래
빈 껍질 오슬오슬 핥는 햇살
푸르릉푸르릉 환청으로 따라나선
화단 가장자리
해―동―화원에 저장되었던 시샘
채워 넣어야 할 자리
묶어 두었던 호흡이 일어서려 한다

바싹 마른 내 겨드랑이 사이
어떤 싹들이 움틀 수 있나

입—춘—필 듯 몽우리 진 홍매화
아직은 잠잠

단풍

가을 속을 넘고 있자니
산과 산마다
풀어 젖힌 옷고름
철렁, 가슴 한녘 빠져나가는
청춘의 시간들
붉은 입술들이 불러내는
하루 내내
옷고름 풀지도 못한 채
그 입술에 갇혔네
숨도 쉬지 못했네

제4부
고흐는 해바라기를 키우지 않았다

배꽃이 피다

바람이 말[言]들을 훑어 놓았습니다
여린 심지에 피어나는
무수한 낱글
흩어져 맺지 못할 그 많은 소리
화르르 피워 놓은 바람
빼곡히 열린 입마다
이야기를 하고픈 겁니다, 지금
아예 그저 주고 싶을 지순
몸살 앓는 그 입

나는 아직 말을 배우고 있는데
바람은 자꾸 입을 열라 합니다

시골 빈집에 풀꽃이 산다

떠나고 남은 시골 빈집 너른 터
철철마다 아름다운 풀꽃이 이사했습니다
장독대 그늘진 곳 며느리밥풀꽃
뒷간 가는 길 애기똥풀
흙벽 아래 가득 민들레
집 떠난 서러운 이 대신합니다

바람에 수런거리는 달개비꽃
텃밭 가득 터 잡은 개망초
뒤란으로 번지는 질경이꽃 사태
꽃대궁 밀어 기다리다 지친 유채꽃
누군가 반갑게 달려 나올 것 같은 빈집에
닫혀 있는 문 철철마다 가득 채워지는
빈집 너른 터 풀꽃이 주인이 되려 합니다

줄장미 빗장 푸는 바람 소리
빈집 처마 끝 꽃물처럼 베어 나오는
홍건한 노을의 통정

찾아야 할 그곳 훌훌 떠난 숨결마다
꽃이 영근 씨앗으로
피어나는 풀꽃의 소리
돌아올 그 길 거친 맨발이라도
제자리 지키는 풀꽃처럼 살면 좋겠습니다

꽃무릇 *

선운사에 갔다
도솔산정 드리운 하늘
빗방울 후두두 벗겨 놓을
그러한 날 선운사에 갔다

도솔천 수런거리는 소리 엮어
지천에 열린 꽃 무리
눈이 부서 서로 만나지 못할
절대 평행

슬픈
자화상

진홍빛 입술
줄기 끝 피워 낸 외사랑
감싸 안을 여운 없어
더욱 붉어 화사한 꽃이여

화엽花葉

불상견不相見

산문 밖 들녘

확확거리는 백로 날갯짓

---

* 꽃무릇의 본래 이름은 석산화石蒜花. 백합목 수선화과의 여러해살이풀로
'꽃이 무리 지어 핀다' 해서 꽃무릇이란 애칭으로 불린다.

산수유꽃

볕내 쐬지 못한
저 깊은 한계령 골짜기
3월 어느 날,
첩첩골골 전쟁이 선포되었습니다

버석한 땅거죽 밟는 발길마다
물길들이 수런거리는 소리
뿌리들이 엮이는 소리
잔가지 움트는 소리
간간 들리는 지표층에
참호를 파고 기지를 세웠습니다

성전聖戰의 그곳
질투를 소탕하기 위해
독재를 섬멸하기 위해
치열한 육박전 속으로 갇힌
한계령 깊은 골

돌아서서 파문으로 답하는
화염처럼 터져 피는 혁명

꽃이 피는

빗장 풀리는 날
피어서 행복한 이
너밖에 그 누가 또 있으랴

빗장 걸어 둔 문
감언이설에도 열리지 않던
겹겹 쌓인 자존심
뜨거운 입술로 담아내야 할 것들

마—침—내
마. 침. 표 찍었네

민들레

지난밤 강소주 마시고 담장으로 둘러쳐진 마음 열지 못한

분개한 목소리로 질펀히 던져 놓았던 경찰서 옆 공터

반갑게 떠오르는 샛노란 얼굴이 있습니다

빈터 자투리 땅 솟아 있는 한 무더기 꽃

햇살 안고 가슴 안 스며듭니다

냉소와 무관심이 차지한 구석지기

보아 주는 이 없어도 근근 자라목 짧은 꽃대 밀어

세상을 향해 꽃잎 펼쳐 냅니다

남상 쳐신 경찰서 옆 자리한 그곳

제복의 그림자에 갇혀도

찬란한 빛으로 꽃잎들이 피어나고 있습니다

하얀 민들레

뜻을 아는가
차라리 목숨 던질지언정
꺾이지 않은 정의를 지켰다

숨통 죄어도
솟구치는 핏빛보다
맑은 순결 던져
순교의 불꽃을 피웠다

쪽창 흔드는 바람
몇 잎 남지 않은 오열마저
가여운 입김에 던지고 나서
님의 분신分身임을 알았다

고통의 메아리 절여 오는 밤
채 굳지 않은 혈관 짓이겨 보아도
뿌리는 더욱 깊숙이
뽑히지 않는 희망으로 키워갔다

밟아도 살아나는 의지는
분신分身 아닌 분신焚身으로
세상을 밝히는 불꽃이 되었다

안으로 핀 꽃

두엄 가 버석거리는 마른 몸
가을볕에 누워
짧은 저녁노을을 시위한다

저리도 시퍼런 청춘이 살아 있던
오뉴월 찬란한 빛
푸서리 장악하던 번들거리는 위세
당당히 지탱한 근력은
안으로 피고 있는 꽃

꽃 지고 놓아 둔 방만
베어져 나간 줄기 끝 말라 가는
한여름 청춘이 머물렀던
노쇠 한 덩어리, 호박

안으로 피어 낸 꽃
부활의 씨, 봄을 삶는다

맨드라미

허연 뼈마디 불타오르는

잊은 채 지낸 꽃 한 자루

노을 속 타들어 간다

마른 꽃대 맺힌 내 시신경

저질러 놓은 태만 그 여름 무딘 청각

결실 익는 소리조차 듣지 못한

무관심에 내민 손아귀 속으로

와르르 쏟아 놓은 불멸

사리 같은 오래 벼른 앙갚음이

산산이 부서져 저 불덩이 노을 속

열반에 들어서고 있다

꽃자루, 화염병 든 투사처럼

갈대꽃

가슴에 그리 많은 눈물이 살아 있었는지
이미 감성의 포로가 되었는지 몰랐다

정좌하고 있는 호수
절룩거리며 다가서는 노을빛이
뒤끝 설은 바람이
홀연히 벗겨 놓은 시간의 부재

잃어버린 고독
단단히 뿌리내린 한가을 속
호수는
지금 공중부양 중

연꽃

씨방 속 오랜 외면
하 세월 닫힌 마음 열어
세상과 맺은 인연

기다림으로 피워 올린
하늘 향한 겹겹 고운 빛
기쁨이여 축복이여

나래 핀 나비 한 쌍
이슬 엮어 둔 잎새 위
고운 춤사위

햇빛 안고 바람 타고
열리는 꽃잎이여
합장 배례 반기는 님의 얼굴

라일락꽃

진군가 깃발도 펄럭이지 않고
진지를 구축한 위세 등등한
담장 안 라일락 군단
화전花戰이 감도는 기세가
화포花砲를 열고 격전을 벌이려 하네

보랏빛 탄환 쏟아지는
꽃그늘 아래
닫아 두었던 펜을 들고
어서 마음을 열라 하네

해종일 바람에 쏟아 내는
눈부신 보랏빛 음표들
코끝에 달라붙어 빚어내는 향기
하냥 보낼 수 없어
불러 보는 저녁노을 세레나데

바람이 연주하는 보랏빛 폭죽

절절 뜨거운 몸짓으로
어느 시인 가난한 뜨락에서
몸도 마음도 무장해제 시키는 4월,

눈꽃

벗은 가지 끝마다 떠나간 허물 덮을 용기 자라지 않아 혹독한 고문 견디어 냅니다. 다문다문 떨어지는 별찌 긴 꼬리에 남아 있는 찬란한 기억 팔랑대는 푸른 소리를 이명처럼 바람으로 메워지는 아우성도 잊은 지 오래, 가슴 시려 메마른 거죽 붙어 있는 빛을 찾아 나섭니다. 호흡이 틔려면 아득한 시각 창백한 하늘은 밤새 빈 가지마다 벗겨 놓은 갈증을 차마 입술 맞추지 못해 늘 절뚝거리며 미명 속에 일어났습니다. 오늘 겨울 아침, 눈꽃으로 세상을 열기를 재촉하듯 담아 두었던 겨울 언어가 피어났습니다. 봄을 도굴한 눈꽃은 바람 소리 번역한 수화手話를 통해 나무와 나무 사이 산과 마을 세상에 가득 찬 환희로 타전합니다.

담쟁이꽃

담을 넘어야만 피울 수 있는
힘은,
기어올라서야만 오를 수 있는
인내는,
하나의 줄기가 아닌 핍박에 응어리진
성근 결속이다
시퍼런 핏줄 오기로 세상을 안으려 했었나
장벽이 아니었으면
팽팽히 시위를 당겨 하늘을 뚫으려 했었나
텅 빈 공간 파고들 듯
꼿꼿한 벽을 향한 필사의 항거

긴 여름 벗겨 놓은
심장을 닮은 그 잎
농군의 거친 손으로 가둔 세상 열고 싶은
손사래
담을 넘어선 여름 내내
줄기 끝 절치부심의 인내는
하얀 꽃 피워 내었다

신리* 너와집 산사과나무꽃

재 너머 푸른 기지개 지펴 오던 봄날
신리에 가면
황토벽 등에 지고
하늘 보듬는 너와집이 있습니다
텅 빈 숨결 접어 둔 옛날이야기
진한 삶의 무대가 서 있습니다

누우면 너와 사이 해진 가슴 깁던
밤하늘 별자리
누렁소 헤집던 여물통과
코클 피어오르는 송진 내음으로
그을음 묵화로 남은 수십 년 지난
그리움이 덕지덕지 그려져 있습니다

세월 덮인 뒤웅박 마파람에 말라 가고
통방아 물레 가득 찬 물
찧어 낼 수 없이 산그늘에 묻혀서
서글픈 메아리 목메어

깨어날 줄 모르는 신리에
쓸려 간 향수가 입담으로 돌아옵니다

재 너머 푸른 봄빛 다가서는
신리에 가면 지난 숨결 기지개 켜듯
황토벽 숨겨 둔 흔적 펼쳐
너와집 너른 마당 삶의 무대
산사과나무 흰 꽃으로 피어
못다 한 이야기 전하고 있습니다

---

* 삼척시에 소재한 읍 지명으로 너와집이 있는 마을.

풀꽃을 읽다

바람이 치근대는 익숙한 봄날
나른한 몸이 불안하여
들길을 광야인 양 들쑤시고 다녔습니다
눈을 두지 않고 지나던 발밑에
풀꽃의 하늘거리는 미소를 보았습니다
겨우내 메말랐던 황톳길이
이렇게 푸르러지게 핏줄을 세우는구나
서슴없이 들킨 풀꽃의 마음을
눈이 부서 차마 읽어 내지 못하였습니다
자리에 누웠어도 풀꽃에 베인 마음이
싱숭생숭하여 잠을 청하지 못했습니다
봄날 들길에 새긴 풀꽃들이
바짓가랑이에 묻어 밤을 함께하고 있습니다
함부로 피어나다 객쩍게 사라지는
볼품없는 풀꽃의 이름들
지난 생애를 벗어 놓고 보아도 맨몸인 것
땅 위를 걸어 다니는 나보다
더 많은 것을 기억하는 풀꽃은

아침마다 이슬에 취한 아득한 빛을 펼쳐
내 거친 발길을 부드럽게 하는구나
그렇게 스스로 체득하기 위해
황톳길에 다시 풀꽃들이 피어나는구나
들길에 푸른 휘파람으로 피는 풀꽃

들길에 피는 뭇꽃처럼 살리

바람이 지나가다 머문 들길에 핀 뭇꽃들이 저마다
아우성을 치면서 나를 보라 한다 걸음을 멈추고 고개
를 숙여 무언의 눈 맞춤으로 나누는 저만의 외침을 전
하려 한다

　　— 꽃잎이 핀 공간만큼 햇살을 마시며
　　　꽃으로만 살고 싶은데
　　　지나가는 바람은 어서 자리를 내놓으라 한다네 —

들길에 피는 뭇꽃이라는 것
항쟁으로 저마다 낙화로 분신할 뿐인데
밤이든 낮이든 소소한 가을 빈터에서
분신으로 날리는 꽃들의 외침을 듣는다

노랗게 부풀어 오른 달 속을 보며 청승맞게 개 짖는
소리가 요란하다 하늘을 찢듯 울리는 개 짖는 소리, 동
료가 아닌 이방인의 발걸음을 경계하는 경고의 선전포
고 후각이 몸서리치도록 예민해서 금세 알아버린 그들

의 매력에 되돌아서는 발걸음이 무서워진다

─ 매일 맞대며 알은체하는 얼굴이 무서워질 때가
있다
　이 밤 지나면 환한 얼굴로 만날 수 있을까?
　기대해 보아도 자꾸만 뒷걸음쳐지는 비굴함 ─

들길에 핀 풀꽃보다 못한 가여운 이들이여!
결빙의 땅을 다지며 아름다운 생을 준비하는
들길에 피는 저 뭇꽃을 잠시 닮아 보게

봄비, 소풍에 대한 시인의 소고小考

꿈을 꾸었다. 나무에 맺혀 희망하는 빛이 메마른 땅을 헤집으며 잉태를 위한 축복의 잔치를 벌이려 한다. 간질거리는 화려함으로 금시 멍울 터트리려는 자목련, 봄비에 속살이 흠뻑 적시도록 움켜쥐었다. 맹랑하리만치 당당히 새 옷섶을 헤치며 시야에 가득 내밀어 거부감 없이 퍼질 기쁜 탄성, 유희를 즐길 준비를 한다. '아름다운 이 세상 소풍 끝내는 날'* 함께할 수 없는 그리움이 잠시 외유한 것이라면 봄비는 다시 소풍을 준비하는 정성으로 시인을 부른다. 좁고 가팔라 보였던 시야에 세상 모든 산, 강, 바다, 겨우내 잃어버린 달콤한 꽃잎에 담아 소풍 갈 채비에 바지런하다.

거실 난로 위에서 쿡쿡 가래 끓는 쇳소리, 주전자는 고요한 울음을 담아내며 거죽을 뚫으려는 외침으로 산발한 채 허공으로 치닫는다. 지나간 연보를 들추자 주전자가 더욱 크게 울었다. 엽차를 마시면서 그 길에 나는 서 있고 내 앞에 그가 보이지 않는다. 돌아갈 수 없었다. 끊어진 길을 나는 갈 수 없었다. 이미 그 소풍을 위해 떠났던 그의 빈손에 들려진 빈 가지 끝으로 얼어 있었던 봄이 오고 있었다.

땅이 갈라지는 소리가 골짜기를 타고 밭두렁을 거쳐 빨래터에서 우르르 손끝에 실려 왔다. 그가 떠난 소풍 뒤에 이미 셀 수 없는 희열들이 땅을 두드리며 도처에 푸른 색채를 펼치며 분주히 다가왔다. 하오, 바닥난 입김이 햇살 속으로 숨어들었다. 꽃이 핀다.

* '아름다운 이 세상 소풍 끝내는 날……' 천상병 님의 시 「귀천」에서 인용

고흐는 해바라기를 키우지 않았다

집념은 뜨거운 태양의 빛도 보이지 않는다

붉은빛이 눈을 멀게 한 그는

압생트 독주에 붓을 씻고

캔버스에 눕히고자 했던 푸른 색채는

태양이 주는 부끄러움이라 여긴다

잃어버린 색채는 태양을 따라 서 있지도 못했던

무한한 노란빛을 동경했다

절규하는 빛들은

자연을 질주하는 멈출 수 없는 생명이다

꽃병 속으로 곤두박질치는 몽상은

갈래갈래 찢겨서 나부끼는 두려움이다

환상으로 들려오는 소름 끼치는 소리

귓바퀴 없이 무한한 울림을 들었을까

캔버스에 키운 해바라기

자유는 정신병력 속에 가두고

날마다 그리운 색깔로 태양을 넘고자 하는

이글거리며 타는 꽃잎

거미줄처럼 꽉 짜인 형틀에 갇혀

언제 다가올지 모르는 죽음의 공습을

두려워하고 있었는지 모른다

캔버스에 놓인 해바라기는

질 줄 모르는 태양을 흠모한다

들꽃

반겨 찾는 이 없어도
홀로의 자리 털고 지천에 피어
가꾸지 않아도 지극한
순수한 마음을 닮아 좋다

자갈길, 둑길, 들길, 비탈길
발길이 차이는 곳에 널려
견줌 없이 옷깃에 묻혀 온
맨발의 발걸음을 닮아서 좋다

화려하지도 않고
유혹의 멋도 뽐낼 줄 모르는
온 들녘에 그렁그렁 피어
그저 정겨운 모습이 좋다

벌, 나비 스쳐 지나간 자리
바람에게 선뜻 내어주고
고향의 웃음을 안고 살아가는
체온을 간직한 꽃이어서 좋다

꽃을 통한 가족의 추억, 또는
꽃의 밀의에 대한 천착

박 호 영

(시인 · 문학평론가)

1. 꽃에 대한 시적 상상력

정석교 시인의 시집 『꽃비 오시는 날 가슴에 꽃잎 띄우고』는 시집의 제목에서도 짐작하는 바와 같이 전체의 시들이 꽃을 제재로 하고 있다. 왜 시인이 이렇게 꽃에 몰두했는지는 시를 읽어 나가면서 알게 되지만, 사실 한국 시인들이 시의 제재로 즐겨 선택한 것이 꽃이다. 완벽한 하나의 완성체가 되어 아름다운 자태를 뽐내는 것이 꽃이고 보니, 꽃을 보노라면 시심이 아니 우러나올 수 없다. 더구나 꽃은 어떤 종이냐에 따라 색깔도 다르고, 모양도 다르고, 향기도 다르다. 피는 시기도 일정치 않다. 그러므로 어떤 꽃이냐에 따라 느껴지는 정서도 차이가 있다. 꽃의 특성이 이렇다 보니 시인들은 꽃에 따라 그에 걸맞은 시적 상상력을 펼쳤다. 김소월은 진달래꽃에서 님과의 이별을 떠올렸으며, 김영랑은 모란에서 아름다운 님을 보았고, 그리고 서정주는 국화에게서 원숙한 여인의 모습을 발견하였다. 정석교도 이번 시집에서 꽃에 대한 상상력을 다양하게 전개하고 있다. 꽃을 제재로 한 그의 시들은 대략 세 가지로 그 주제를 분류할 수 있다. 이를 차례로 살펴보기로 한다.

2. 꽃을 통해 환기되는 가족의 추억

그의 시에서 우선 지적할 수 있는 것은 그가 꽃을 통해 어머니나 누이 같은 피붙이 가족을 떠올리고 있다는 것이다. 꽃을 보면 어머니나 누이와 얽힌 어릴 적 추억이 생각나는 결과다. 꽃이 이런 역할을 할 수 있는 것은 세월이 지나도 꽃은 늘 같은 모습으로 피어 있기 때문이다. 만약 지금의 꽃의 모습이 예전과는 다르다면 망각에 빠져서 유년의 추억과 연결될 수 없을 터인데, 과거나 현재나 꽃은 한 모습으로 피어 있기에 시인은 어릴 적 과거로 거슬러 올라갈 수 있다. 다음은 그러한 추억의 전형을 보여 주는 작품이다.

할머니 설움 울렁울렁 지펴 놓고
고봉처럼 피어오르는 꽃
펑펑 터뜨려지는 꽃잎이
장터 끝자리 강냉이 튀긴 강밥처럼 날아올라요
이팝꽃 펑펑 피어나면
그 경계에 숨어 있던 내력들이
하나하나 벗겨지는
흐벅진 이팝나무 아래서
오래되지 않은 설화 같은 이야기
빈 보릿독 헐어 내던 아린 마음
고봉으로 빚어내는 한숨들이
5월 바람에 타들어 가고 있어요
방아 찧는 소리 없이
고슬고슬 부풀어 나는 이팝꽃
무논 긴 써레질 뒤척이다
뒷산 해 다 지네요

—「이팝꽃」 전문

　　이팝꽃은 5월에 이팝나무에 피는 흰 꽃으로, 보릿고개가
있던 궁핍한 시절에는 이팝꽃이 얼마나 피었느냐에 따라 그
해 농사가 풍년이냐 흉년이냐를 알았다고 한다. '이팝'은 잘
알다시피 함경도 사투리로 '쌀밥'을 지칭한다. 물론 하얗게
무리지어 핀 모습이 쌀밥과 같아서 그렇게 명칭을 붙였다고
할 수 있지만, 한편으로는 얼마나 쌀밥이 먹고 싶었으면 하얗
게 핀 꽃을 보고 이팝꽃이라 하였을까 하는 생각이 든다. 그
명칭에서 꽃의 이름이 아름답다고 여겨지기보다는 궁핍의 상

황이 짐작된다. 정석교의 '이팝꽃'도 역시 풍요로운 추억은
아니다. 할머니의 설움을 지펴 놓고 피어오른다든가, "빈 보
릿독 헐어 내던 아린 마음/ 고봉으로 빚어내는 한숨들이/ 5월
바람에 타들어 가고 있"다든가, "방아 찧는 소리 없이/ 고슬
고슬 부풀어" 난다든가 하는 서술은 그가 겪은 과거의 가난
과 슬픔, 한이 이팝꽃과 연결되고 있다는 인상을 받는다. 대
강 전해 들은 시인의 이력으로 판단하건대 그의 어릴 적 농촌
생활은 가난했고, 지금도 그렇지만 예전의 농촌이 궁핍하기
이를 데 없는 곳이라 그에게는 그러한 추억만이 남아 있을 것
이다. 그러므로 그는 이팝나무가 단순히 물푸레나뭇과의 교
목으로 인식되지 않으며, 더구나 쌀밥처럼 하얗게 부풀려 터
지는 이팝꽃의 모습이 그에게는 궁핍한 현실과는 상반된 꿈
의 실체로 받아들여졌을 것이다. "무논 긴 써레질 뒤척이다/
뒷산 해 다 지네요"라는 구절은 쌀밥과 같은 이팝꽃에 그가
얼마나 정신을 빼앗기고 있었는지를 말해 준다. 그는 파꽃을
보고도 "서럽기만 한 긴 6월 장마/ 파꽃 속 가득 어머니 말씀
피어오릅니다"처럼 어머님 말씀을 생각하기도 하고, "담장
밑 달맞이꽃/ 누이 마음처럼 피어오르고/ 하늘가 달무리/ 내
마음처럼 부풀어 가고// 엄닌 비닐우산 펼치시고/ 성황당 길
목으로/ 누이 마중 가시었어요"(「달맞이꽃」)처럼 달맞이꽃이
핀 것을 보고 누이의 마음을 떠올리기도 한다. 이외에도 꽃에
얽힌 추억의 시들을 살펴보면 다음과 같다.

① 여름, 달빛 여문 밤/ 봉선화 꽃잎 땁니다/ 누이 숨겨 둔

마음/ 달빛처럼 환하게 피어납니다

―「봉선화」 부분

② 달빛 젖은 아욱꽃을 봅니다/ 어머니 마음처럼 가지런히
자란/ 여린 아욱/ 식탁 위에 올려진/ 숨어 있던 유년이
깨어난 그리운/ 어머니, 어머니 얼굴

―「아욱꽃」 부분

③ 동강은 흐르는데/ 뗏목은 동강 따라 흘러가는데/ 푸른
강심 잠기어 피는/ 꽃잎의 붉은 통증처럼/ 가시고 아니
계신 그리운 이/ 가슴속 돋아 있는 동강할미꽃

―「동강할미꽃」 부분

이 모두 꽃에 대한 시인의 섬세한 감정을 엿볼 수 있는 구
절들이다. ①에서 그는 봉선화 꽃잎을 따면서 누이의 숨겨 둔
마음을 발견한다. 어릴 적 손톱에 예쁘게 물들이려고 봉선화
꽃잎을 따던 누이가 생각났던 것이리라. 그 마음이 이 여름의
달빛처럼 환하게 피어나는 것이다. 봉선화는 누이를 연결하
면서 과거를 환기시키고 있다. 또한 ②에서 그는 아욱꽃을 보
면서 어릴 적 어머니가 식탁에 올렸던 아욱국을 생각한다. 아
욱국을 끓이기 위해 어머니는 여린 아욱을 골라 땄을 것이고,
그때 어머니의 마음은 저 아욱처럼 가지런했으리라는 것이
그의 추측이다. ③의「동강할미꽃」은 제목 그대로 동강할미
꽃이 제재가 된 시인데, 강원도 출신의 시인이기에 그 꽃을
보는 눈도 예사롭지 않다. 동강할미꽃은 강원도 동강 유역의

산 바위틈에서 자라는 다년생 초본이다. 특히 석회질 많은 동강에서 자라 동강할미꽃이라 불린다. 그는 "비녀 꽂은 쪽 진 머리 들고/ 하늘을 향해 피어나"는 그 꽃을 보면서 "가시고 아니 계신 그리운 이"를 위해 그런 모습으로 피었으리란 상상을 한다. 꽃을 보며 펼쳐지는 상상력의 백미는 「감꽃 일기」다.

뒤란 까만 장독 덮개마다
감꽃이 하얀 쌀밥처럼 담겨
눈부신 아침을 열었습니다
간밤 문풍지 흔든 바람이
모아 두고 갔었나 봅니다
알알이 주워 담은 누이 손바닥 위
감꽃은 누이 눈을 닮았습니다
(…중략…)
딸아이와 함께 선 뒤란 감나무 아래
무성하게 떨어진 감꽃
별님이 쏟아 놓았다던 눈물
채 마르지 않고
누이 뽀얀 얼굴로 다시 피어납니다

―「감꽃 일기」 부분

그가 어릴 적 체험한 감꽃은 눈부신 아침을 열던 하얀 감꽃이다. 까만 장독 덮개에 담겨 있기에 더욱 뚜렷했던 하얀 꽃. 그러나 그 꽃마저 시인은 「이팝꽃」에서처럼 하얀 쌀밥이란 비유를 사용한다. 여기에서도 궁핍한 그의 어린 시절을 직감한다. 그 쌓인 감꽃을 시인은 '바람이 모아 두고 간 것인가

보다' 라고 서술한다. 일반적으로 바람은 모아진 것들을 흩트
려 놓는데, 바람이 모아 둔 것이 아니냐는 발상이 참신하고
의미 깊다. 누이는 그 꽃을 치우기 위해 알알이 주워 손바닥
에 담는다. 그 하얀 빛깔이 마치 순수한 누이의 눈과 같다. 그
가 느끼는 누이의 순수함을 그는 이렇게 표현하고 있다. 마지
막 연에 가서 그는 딸아이와 함께 감나무 아래 서 있다. 세월
이 지나 어느덧 그는 딸아이와 함께 있는 것이다. 그러나 세
월만 흘렀을 뿐 무성하게 떨어진 감꽃은 또다시 누이를 떠오
르게 한다. 감꽃이 누이의 뽀얀 얼굴로 다시 피어나고 있는
것이다. 결국 그는 「감꽃 일기」를 통해 세월이 가도 잊혀지지
않는 누이에 대한 그리움을 피력했다고 할 수 있다.

3. 꽃 자체를 향한 시적 응시

정석교는 꽃 자체를 눈여겨보기도 한다. 꽃에 대한 이러한
응시가 그만의 독특한 상상력에 의해 시로 태어나고 있다. 물
론 이 같은 태도는 그가 지닌 고유의 것은 아니다. 많은 시인
들이 꽃을 소재로 시를 써 왔고, 우리는 국화나 장미나 백합
등 어느 꽃이냐에 따라 그 꽃을 유명하게 시화한 시들을 기억
하고 있다. 그러나 그의 시에서 새삼 고개를 끄덕이게 되는
것은 시의 소재로 된 꽃이 그만의 독창적인 표현으로 인해 새
롭게 다가오기 때문이다.

짧은 나절 살다 노을 끝 이별 고하는 것은 삶이 고단해
서만 아니다. 붉은 입술 열어 타오르듯 속절없는 맘 키워
덧없이 가 버린 사랑아! 여린 줄기 끝내 고집스럽게도 하
늘 향한 바라기처럼 찰나의 시간 거부하는 몸짓인가 하루
비껴가는 고단한 그리움이 아침 해 목말라 부르짖는 그 입
술, 지난밤 떨어지지 못한 초승달 하늘에 걸려 있다. 바람
에 실려 올 것만 같은 몇 옥타브 간절한 선율과 강렬한 빛
더욱 발산하는 그리움에 지쳐 그대 눈물 되어 성하의 아침,
꽃잎 피워 활활 우는가

—「나팔꽃」 전문

잘 알다시피 나팔꽃은 피어 있는 시간이 짧다. 새벽에 펴서
금방 지는 것이 나팔꽃이다. 시인은 이렇게 나팔꽃이 짧게 이
별을 고하는 것이 그의 삶이 고단해서만은 아니라고 한다. 덧
없이 가 버린 사랑에 대한 그리움으로 여린 줄기는 고집스럽
게 줄기를 하늘로 향해 올리고, 그리움에 지친 눈물이 꽃잎으
로 피었다는 것이다. 나팔꽃의 꽃말이 '덧없는 사랑' 인 것을
상기하면 그에 꼭 들어맞는 사연이다. 특히 이 시에서 눈여겨
보게 되는 구절은 나팔꽃의 개화를 "활활 우는가"라고 서술
한 부분이다. 아마도 이 표현은 정석교만이 해 낸 걸출한 것
이 아닌가 한다. 이런 식의 끝맺음이 우리로 하여금 이 시에
대한 깊은 묘미를 더욱 느끼게 한다. 다음 시에서도 역시 시
인의 범상치 않은 관찰력이 엿보인다.

자드락밭 보리누름

춘정 못 이겨
연신 풀어지는 보릿대춤
인기척 물린 명지바람
탱글탱글 개불알꽃 보듬고
곁 두고 고개 돌린
수절 과부 입가
붉은 꽃잎만큼
사정하는 수줍은 웃음

―「개불알꽃」 전문

꽃의 이름치고는 그렇게 아름답다고 하지 못할 개불알꽃. 이 꽃은 길쭉한 꽃주머니를 달고 있는데, 그 모양이 개의 불알처럼 생겼다고 하여 개불알꽃이란 명칭을 얻었다. 그러나 시인은 그 꽃으로부터 수절 과부의 수줍은 웃음을 유추한다. 그뿐만이 아니다. 보리가 누렇게 익어 가는 보리누름을 보고 보릿대춤을 연상하며, 보드랍고 화창한 명지바람이 개불알꽃을 보듬는 것을 목격한다. 그리고 여기서 수절과부를 끌어들인다. 수절과부로서는 이 광경이 얼마나 부끄러운 모습이었겠냐는 생각이다. 그 생각은 과부가 고개를 돌리고 수줍은 웃음을 웃고 있는 데까지 나아간다. 특히 그 웃음 짓는 것을 '사정하는' 웃음이라고 표현한 데서는 감탄이 절로 나오게 된다. 보리누름→보릿대춤→명지바람→개불알꽃→수절과부→수줍은 웃음으로 이어지는 상상력의 추이는 정석교의 시인다운 면모를 보여 주기도 한다. 다음도 주목하게 되는 작품이다.

재 너머 푸른 기지개 지펴 오던 봄날
신리에 가면
황토벽 등에 지고
하늘 보듬는 너와집이 있습니다
텅 빈 숨결 접어 둔 옛날이야기
진한 삶의 무대가 서 있습니다

누우면 너와 사이 해진 가슴 깁던
밤하늘 별자리
누렁소 헤집던 여물통과
코클 피어오르는 송진 내음으로
그을음 묵화로 남은 수십 년 지난
그리움이 덕지덕지 그려져 있습니다

세월 덮인 뒤웅박 마파람에 말라 가고
통방아 물레 가득 찬 물
찧어 낼 수 없이 산그늘에 묻혀서
서글픈 메아리 목메어
깨어날 줄 모르는 신리에
쏠려 간 향수가 입담으로 돌아옵니다

재 너머 푸른 봄빛 다가서는
신리에 가면 지난 숨결 기지개 켜듯
황토벽 숨겨 둔 흔적 펼쳐
너와집 너른 마당 삶의 무대
산사과나무 흰 꽃으로 피어
못다 한 이야기 전하고 있습니다
—「신리 너와집 산사과나무꽃」 전문

삼척에 사는 사람이면 신리 너와집을 모르는 사람은 아마 없을 것이다. 굳이 삼척 사람이 아닐지라도 민속에 관심이 있거나 여행을 즐기는 사람이라면 신리 너와집이 어떤 집이라는 것을 알 것이다. 그만큼 너와집은 삼척의 명물이다. 잘 알다시피 너와집은 붉은 소나무 조각으로 덮은 집을 일컫는다. 삼척 너와집이 유명한 것은 당시 화전민들이 사용하던 생활용구를 그대로 보존하고 있기 때문이다. 그곳에 가면 물레방아나 여물통뿐만 아니라 물이 차면 공이가 치켜졌다가 내리꽂혀 곡식을 찧게 만든 통방아, 불씨를 보관하는 화티, 그리고 화전민들이 방 안에서 사용하던 벽난로인 코클 등을 볼 수 있다. 아마도 삼척에 살고 있는 정 시인은 여러 차례 그곳을 들렀을 것이다. 그리고 그 너와집에 살았던 옛날 화전민들을 떠올리며 이 외진 곳으로 들어와 살지 않으면 안 되었던 그들의 굴곡 많은 삶을 생각했을 것이다. 그러면서 누군가 그 삶을 지켜보았고, 이곳을 찾는 이들에게 화전민들의 삶을 얘기하고 있다고 믿는다. 비록 지금은 통방아도 산그늘에 묻혀 찧어 내는 기능을 하지 못하고 있고, 누렁소 헤집던 여물통이나 코클의 그을음이 묵화처럼 남아 있지만 화전민들이 사용하던 흔적이 선연하게 남아 있는데, 그 삶을 얘기해 줄 이가 없다는 것은 말이 되지 않는다. 시인은 그 누구를 산사과나무꽃으로 상정하고 있다. 봄이 오면 피는 산사과나무 흰 꽃은 바로 너와집에 살던 이들의 다하지 못한 이야기인 것이다.

이외에도 꽃 자체를 응시하는 정석교 시인의 탁월한 상상력은 곳곳에서 만난다. 가령 "텅 빈 들녘/ 깃을 세운 가을이 진다/ 허수아비, 꽃이 되어 간다"(「허수아비 꽃」)고 하며 허수아비를 꽃으로 환치하는 것이라든가, 이효석의「메밀꽃 필무렵」을 인유하며 메밀꽃 흐드러지게 핀 풍경을 "하얀 바다가 소리 없이 철썩이고 있었다"(「메밀꽃」)고 표현한 것, 그리고 하얀 억새꽃이 바람에 쓸리는 장면을 "눈을 뜨면 햇살 아래/ 우윳빛 나신으로 엎어지는 가을 민둥산"(「억새꽃, 민둥산에 오르다」)이라고 서술하고 있는 데서 우리는 그의 만만치않은 시안을 발견한다.

4. 꽃의 사물화를 통한 자아의 성찰

마지막으로 그의 시에서 지적하게 되는 것은 꽃으로부터 체득되는 가르침이다. 모든 꽃은 저마다의 생존의 모습이 있는데 이것이 우리에게 깨달음을 준다. 아무리 발로 짓밟아도 꿋꿋하게 살아나는 꽃은 우리에게 강인한 생명력을 일깨워 주고, 연약하지만 제자리를 지키는 풀꽃은 올곧은 삶의 태도를 가르친다. 이렇듯 꽃에 따라 생존 방식은 각기 다르지만 그 생존 방식이 나름대로 가르침을 주는 것이다. 꽃의 사물화라고 할 수 있는 이런 깊은 시선은 그로 하여금 자아 성찰을 하게 한다. 다음 시는 벽에 걸린 마른 장미꽃을 사물화한 경우이다.

한때 화려했던 열애도

뜨거웠던 그 여름, 격정의 빛을
순수하게 기억해 내는
사랑을 피운 인연이었을까

벽에 걸린 마른 장미꽃 한 송이
시간이 훑어 가는 벽면에
해체된 기억으로 내 걸린 마른 빛이
더 깊어져야 한다고 생각해 왔다

사랑받는 연인이 전했을 거라는
억지가 기인한 답지
예 터지지 못한 봉오리로 남아
아직까지 전하지 못한 말이 있었던가

마른 장미꽃 목마른 밤마다
열리지 않은 가여운 몸살을 앓고
피지 못한 마른 장미꽃
아내에 대한 고백임을 알았다

—「마른 장미꽃」 전문

　여기서 마른 장미꽃은 활짝 피기 전에 벽에 걸어 놓은 것이다. 그 꽃은 꽃봉오리 그대로 벽에서 말랐을 것이다. 그렇다면 활짝 핀 꽃과, 터지지 못한 봉오리의 상태로 마른 꽃의 차이는 무엇일까? 꽃을 사랑의 상징으로 볼 때 꽃의 활짝 핌은 사랑의 완성이다. 그렇다면 터지지 못한 꽃봉오리란 결국 아직까지 전하지 못한 사랑의 고백은 아닐까? 마음에 담아 둔,

그 전하지 못한 말로 얼마나 꽃은 몸살을 앓았을까? 시인은
그 전하지 못한 말을 아내에 대한 고백이라고 하고 있다. 여
기서 우리는 아직도 시인이 정식으로 아내에게 사랑의 고백
을 하지 못하고 살고 있다는 사실과, 남편으로서의 아내에 대
한 사랑과 미안함의 감정을 짐작한다. 그러나 '마른 장미꽃
=미처 고백하지 못한 사랑의 고백' 이란 사유의 등식은 그에
게만 성립되는 것이 아니다. 마른 장미꽃처럼 된 사랑을 지닌
사람들이 얼마나 많겠는가. 이 시가 공감대를 형성하는 이유
는 아마도 여기에 있을 것이다. 다음 시도 같은 관점에서 얘
기할 수 있는 작품이다.

나는 누웠네, 밤느정이 분분한 유월의 저녁
하릴없이 평상에 누웠네
망종 지나 땅 밑 발아하는 씨앗들의 조용한 아우성
나무들이 탱탱하게
부름켜 부풀어 오르는 소리
깊은 사랑 피워 내는 얄궂은 향이
는질는질 바람 타고 희롱하는
더욱 징그럽게 살이 오르는 밤
앞산 육감적인 밤느정이 숲
뉘 벗어 놓은 홑적삼인가
남사스러울 만치 멋쩍어 돌아누웠네
무논 개구리 무작정 울던 밤
텃밭 감자 씨알 굵어지려나
야삼경 깊어 가도록 밤느정이 핀 마을
달빛보다 더 하얗게 피어 웃더라

아무도 묻지 않은 모두 숨죽인 밤

—「밤느정이」 전문

　밤느정이는 밤꽃을 지칭한다. 밤꽃의 향기는 남자의 정액 냄새와 흡사하다. 이 '얄궂은 향'은 하릴없이 평상에 누운 나의 욕정을 일깨우고, 땅 밑 씨앗들을 발아하게 하는가 하면, 나무들의 부름켜를 부풀어 오르게도 한다. 그러기에 더욱 육감적인 대상이 밤느정이 숲이다. 이제 무리 지어 핀 하얀 밤꽃은 화자에게 '벗어 놓은 홑적삼'으로까지 보인다. 그래서 화자는 결국 "남사스러울 만치 멋쩍어 돌아"눕기에 이른다. 이에 이르러 우리는 고요한 농촌의 정경들이 밤꽃으로 인해 비밀스레 본능적으로 교융하고 있음을 느낀다. 이것은 한 마디로 자연의 밀의다. 시인이 얼마나 자연을 닮고자 하는지는 다음 일련의 시들에서도 찾아볼 수 있다.

떠나고 남은 시골 빈집 너른 터
철철마다 아름다운 풀꽃이 이사했습니다
장독대 그늘진 곳 며느리밥풀꽃
뒷간 가는 길 애기똥풀
흙벽 아래 가득 민들레
집 떠난 서러운 이 대신합니다

—「시골 빈집에 풀꽃이 산다」 부분

고통의 메아리 절여 오는 밤
채 굳지 않은 혈관 짓이겨 보아도
뿌리는 더욱 깊숙이

뽑히지 않는 희망으로 키워갔다

밟아도 살아나는 의지는
분신分身 아닌 분신焚身으로
세상을 밝히는 불꽃이 되었다
―「하얀 민들레」부분

「시골 빈집에 풀꽃이 산다」는 시골에 가면 심심치 않게 발견하는 폐가를 소재로 한 시다. 시골의 폐가는 사람들이 살다가 이런저런 사유로 살지 못하고 떠난 집들이다. 대개가 가난과 외로움이 아마 그 원인일 것이다. 오죽하면 삶의 터전을 두고 떠났을까. 집 구석마다 살던 사람들의 서러움이 배어 있는 것 같다. 그러나 사람들은 살지 못했지만 그 집 마당에 가 보면 철마다 꽃들이 피어 있다. 꽃씨가 날아와서 피운 꽃들― 며느리밥풀꽃, 애기똥풀, 민들레가 그들이다. 그들은 저마다 적당한 곳에 자리를 잡고 피어 집 떠난 이를 대신하고 있다. 그들만 있는 것이 아니다. 다음 연에는 달개비꽃, 개망초, 질경이꽃, 유채꽃이 등장한다. 이 꽃들도 철마다 가득 피워 주인을 대신하려 한다. 이를 보고 시인은 생각한다. 왜 사람은 살지 못하고 꽃들은 살 수 있을까. 아마도 꽃들처럼 꿋꿋하지 못하기 때문일 것이다. 그래서 시인은 마지막 부분에 이르러 다음과 같은 바람을 얘기한다. "돌아올 그 길 거친 맨발이라도/ 제자리 지키는 풀꽃처럼 살면 좋겠습니다"라고.

「하얀 민들레」는 민들레의 굳은 의지를 노래한 시다. 민들레는 밟아도 살아나는 의지를 지녔다. 아무리 땅 위에서 짓밟

140

히는 고통을 당할지라도, 아무리 혈관이 짓이겨져도, 뿌리는 더욱 깊숙이 땅 밑으로 뻗어서 결코 뽑히지 않고자 하는 꽃이 민들레다. 그런 의지가 있기에 세상을 밝히는 불꽃이 될 수 있는 것이다. 그 외에도 담쟁이꽃으로부터 절치부심의 인내를 배우기도 하고(「담쟁이꽃」), 아침마다 이슬에 취하는 풀꽃으로부터 부드러움을 배우기도 한다(「풀꽃을 읽다」). 꽃을 향한 이 모든 태도는 꽃을 멘토로 삼고자 하는 것으로 꽃의 사물화에 의한 결과라고 말할 수 있다.

이상 살핀 바와 같이 시인은 이번 시집을 통해 꽃에 대한 다양한 시적 접근을 하고 있다. 꽃만 소재로 했기에 시의 내용이 너무 단조로운 것이 아니냐는 생각이 들기 쉽지만, 독창적인 내용과 능란한 표현 기법이 그 단조로움을 극복하고 있다. 그동안 시를 많이 써 왔다는 증좌이리라. 앞으로 꽃만이 아닌 다른 소재도 택하여 상상력의 세계를 좀 더 넓게 펼쳐 가기를 바란다.

시인 정석교 鄭碩教

1962년 강원 삼척 출생
강릉대(지역개발학과) · 삼척대(문예창작학과) 졸업
1997년 『문예사조』로 등단
시집 『산속에 서니 나도 산이고 싶다』(2001)가 있음
강원작가, 작가동인 · 동안東岸, 어화문학, 강원공무원문학회원으로 활동 중
현재 삼척시청 근무

E-mail : jeongsk@korea.kr

꽃비 오시는 날 가슴에 꽃잎 띄우고

지은이 | 정석교
펴낸이 | 김재돈
펴낸곳 | 도서출판 시와시학
1판1쇄 | 2011년 10월 20일
출판등록 | 2010년 8월 10일
등록번호 | 제2010-000036호
주소 | 서울 종로구 명륜동1가 42
전화 | 744-0110
FAX | 3672-2674

값 8,000원

ISBN 978-89-94889-18-4 03810

* 저자와의 협의에 의해 인지를 생략합니다.

* 잘못된 책은 바꾸어 드립니다.